国境とＪＫ

尾久守侑

思潮社

国境とＪＫ

尾久守侑

思潮社

装幀＝奥定泰之
装画＝浦上和久

国境とＪＫ

I

みらいとは湾岸に輝くヨコハマの、かはたれどきを彩るショコラのあじに似て苦く、むかし壊れたワーゲンを走らせるとよがるようにして波打つ。きみにあいたいというのはほんとう？　ＦＭラジオはうそしか云わないから、過去につながる交通情報をブロックして十年さかのぼる。当時の集合写真がうかんだ水面はよく恋ごころをはじいたし、ランドマークは一夜かぎりの故障をみてみぬふりが上手かった。そう、それは、おおきくわらって、かたをくんで、たまにみらいの手が混ざり合っておおさわぎになる僕らのスナップショット。みにくく可愛い土地だけど、これでラストラン。

せいいっぱいの愛情を括弧でくくって缶コーヒーをけっとばせば、なかみがこぼれて過去に泣いた景色が一瞬あふれ、開港したころの漫画が僕を慰めるという情緒がゆっくりとくりかえされる。白黒映画のジェームス・ディーンがあの日を出港する。もどるころにはたぶん終電はなくて、水溶性の記憶がアクアラインを疾走する音だけが、きみと僕にとっての、ただひとつの真実になる。ピーという発信音、シャボン玉のようにぷかぷかと浮いた、まなつの水着を着たかったよとくぐもった受話器から聴こえて、僕らは通話中のまま、みらいの湾岸を走り抜ける。最後のトラフィックリポートがはじまった。

(84.7)

海街

どこにいても辿り着いてしまう
青空を見兼ねて、やって来た
アイランド
海まで走る原付バイクに乗っていると
昔とおなじ街に暮らしている瞬間が
何度かあって、それも
ただの気のせいだと思うには
雨が多すぎた

はきだした煙を目で追いながら
携帯を操作して

色とりどりの、きみの不在を確認する
怒られて嫌々始めた
みじかい禁煙がいまかえって
全身を締めつけている

秋と、真夏のあいだに埋れた太陽だけは
肉眼でみても大丈夫と
二年前、嘘をついた海の家
（かき氷のシロップは
　宇治抹茶がすきなんです
ガリガリ削る音を
なんとなく聴いていると、ああ
やっぱりこの街は
ぼくらがやって来て、そして
帰る場所に似ていると気づいた

（海、きれいですね
ふいに
向かいの席にきみを幻視する
むかし褒めたタオル地のワンピースと
早くもみずに濡れた
紺と白のデッキシューズを履いて
（うみ、
とまた言う
八月のこの風景が
なつかしかった

それからぼくはきみの永遠を少し借りて
予想どおりの波の音をきいた

なあ
きみはこれから
ぼくの知らない歌をうたえよ
あれから毎日
晴れているのに雨がふる
抱き締めるたび光ったあの
海への乱反射をぼくは忘れてしまった

海岸通り
砂が目に入った
ぼくのまぶたを後ろから
手のひらで覆う温度を感じると
とつぜんの驟雨
振りむくと
反対車線のバス・ストップで

雨宿りをする
二年前、出会った日のきみがいた
雨があがって
蟬が鳴いて
潮の匂いがむっとたちこめる
ふたりむきあったまま
ソニーのヘッドホンを外すと
外気に染み渡っていく夏のメロディ
県道を挟んでぼくらはもう
別々の海街にいた

れいこ

れいこが僕の扉をノックすると太陽が大きくなる　夢にまで現れたれいこが綺麗な口腔を磨き上げると　世界はバタフライ状にのびていく　れいこは南極だ　あるいは北極　つめたい水をもった偏西風がカーステレオをぬらす朝　僕のれいこが世界の端と端で不適切に結ばれる　アンタゴニストが執拗に僕をせめる

ゆびをならすとベッドが凍る　れいこと僕の二十八回目の心中未遂玉川上水の流れに沿ってあいしている　嘘だ　あいしている　うそだあいしてらぶる　指をＬ字におりまげて快活な白夜　僕たちは世界が終わるくらい俗に浸ったパンをかじってまた入水する　不適切すぎた夏　れいこは僕の扉をノックして　無断でインジゴを床に撒く　れいこ、僕は北欧の海を泳いでいる　寒いよれいこ　波間に浮かぶ破り捨

てられた宇治拾遺物語　不染体をよけて僕らは話をする　世界はもう
馬鹿みたいにばんびろだ　帰る術がなくてもきっと　夏の女神があた
らしい海流をおしえてくれるだろう　だかられいこ、僕の扉をもうノ
ックしないでくれ

ぼくの海流に雪はつもる

呼吸していない船にのって
寒々と、うみを渡っていく
(ついにはかたおもい
くもった窓ガラスにかいて
凍った水道水でながした

(みらいのみえる景色に
(飽きてしまったんだね

すり減った鉛筆で藁半紙にかいた
宛先のない手紙を

空き瓶につめて、北太平洋の
海上郵便に投函する
だれか、ぼくらと無関係のたましいが
すっかり透き通ったあと
大陸まで運んでくれるのだろう

(涙のなか泳いでいたら
(思い出を使いまわしていて

どこまで進んでいっても
はじまらない海上作戦に、ぼくらは
ひとり
またひとりと
片想いの彫像になっていく
大陸に置き去りにしてきた
底抜けにあかるい

映画の少女を頭にうかべていると
かつてこのうみで愛されて愛されて
死んでいった人たちの気配が
船内にみちて、みな
膝から崩れ落ちてしまう
（ついにはかたおもい
くもりつづける窓ガラスにだれか
みずをぶっかけてくれ

あさひるばんも
どこにいるかもわからなくて
三日三晩
茫々と、波間を漂った
つめたいラジオから
正午の国営放送
ああ、こんなにさむいのに

ぼくらは負けたのだと
たったひとりのうみで
目をつぶって泣いた

どこへも帰れない
海流を覆うくろい夜には
巽の方角にまるまると月がでる
はつ雪
（ついにはかたおもい
甲板にしんしんと
降り積もることばを
まっくろな海水で流せば
くだけちった未来に
呼吸をとめざるをえない

（とどかなかった手紙を

（さがしにいくための言葉だった

ねむれないくらいに
まぶたも凍る朝
ポケットのライムを齧れば
くちのなかにひろがっていく
内地のにおい
まきこまれた片想いの海流に
ただ、雪はつもっていた

ナギイチ

とおい昔にくちはててしまった海の家にこもっている梔子姫にあいたくて、ぼくはトヨタをとばしてうみへいく。ちいさいころ、渚でいちばん嘘をついた娘をねむりがけに幻視したそれが、ぼくと梔子姫のしろいシルエットのおもいで。

夜はくらい
東京では嘘をつきたかった
なのに砂浜には行ったことがなかった

うみに近づくといつまでも夜は持続して、たいまつを握りしめた塾帰りのこどもたちが浜にひしめいている。なつかしい月下のストリートチルドレン、かっこつけているやつには永遠にわからないぜ、かれらはそんな話をしていて、かつてはぼくもこのなかにいた。海の家でのコーヒーブレイクをくりかえし、叫ぶように「銀河鉄道の夜」をうたっている少年たち、時代が違うんだよ……燃え盛るキャンプファイヤー。こんなこと毎日やっているんだろうか?

晴れている、だから
雪山でもないのにビバークした

「渚でいちばんのナギイチ」寝袋をかぶってネットでみた謳い文句をつぶやくと、果たしてよるでもそうだろうかというナレーションが流れて、季節を無視したため息が真っ白になった。ゆきよふれ。ねむりがけにぼくは真っ赤なスカートを翻す梔子姫のおさない顔をテントのそとに見た気がした

夢の中では夏の放火魔をおいかけて
梔子姫の戦前の生家にやってくる
放火魔がマッチを擦って火をつける
ふりむいた
その顔はもちろんぼくだ

サイレン

海の家がいきおいよく燃えている。反射してちらちらひかる海面と、沖へにげていくこどもたち。炎はかれらをつつんで水平線へと一直線

にのびる道になる。やっぱり息がしろい、雪だ、燃えるこどもに粉雪がふる。そう、わかっていた。渚でいちばんかなしい物語が、いまから始まるなんてことは。

海の家のとびらがひらく。
そのなかから
おとなになった梔子姫が
ナギイチになった梔子姫が
あらわれるはずだったのに。

夏島

眠りしなに毎朝あと五分、あと五分を続けていくと海へとたどり着くから、淡水魚の劣等感につつまれた湾を、休むことなくひとりでぐるりと泳いでいく。この島はせつないね、内地の声がして今日もあっというまに夕陽が沈んでいくと、ふとなつなのに冷え冷えとした風がふいて、ひかるゆうれいの慕情だけがうかぶ離島にたたずんでいた。わからない言葉でゆうれいが挨拶をかわし、すきとおってまたいなくなると、こころに取り返しのつかないさびしさがあふれてくる。島につたわる民謡が、あちこちの家から聴こえてくる、それから笑い声。世界の絶景がみえてくる、みえてくる、催眠術師のこえがして、この土地にとどまることすら、拒否されているのかなと、思った。

一駅分歩くことにしてから風のにおいが変わったよ、カップルのどちらかがそういって、通勤のぼくのよこをすれ違っていく。だれもが朝はひとり、夜はふたりでいることが多いのに、朝からふたりでいるということはきっとこの世のひとじゃないんだろう。寝てない自慢をするサラリーマンに寄り添う女性が、なにか意味ありげに目配せをした気がして、それ以降ぼくは足がうごかない。防衛省の前で通勤中の朝はひとり、夜はふたりの人たちをただ眺めるしかなくて、ぼくを眠らせることができる絶景をまたみたいと思った。国を讃えるファンファーレ、こんな行事あるわけないだろ、はきすてたぼくの言葉はみるみるうちに大きな活字になって、外苑東通りをはしる車の通行をさまたげた。こんなはずじゃない。

みっつかぞえると夜になります、ひとーつ、ふたーつ、みっつ。

かたまってしまったからだを、いつかたずねた夏の島に横たえてください、催眠術師にうしろから抱きしめられると、二度と出会えない人たちの記憶が自然に脳裏にうかんでは消え、うかんではまた消えて、塩からい涙が少しずつ流れた。もう生きている、生きているよ、見下ろす夜の海辺で聴こえてくるたしかな声、ここにいるべきでない印に、季節がなんども通りすぎてぼくは雑踏にたたずんでいた。恋した記憶だけ浮かんでいる東京のまんなかで、とけない催眠術をずっと抱きしめていたかった。

コールドゲーム

すべての色素を失って歩く
国道から校舎への
三百メートル
Yシャツの袖をまくって
紺の手提げカバンを
肩にかけて追い抜いていく野球部の
朝練の空
それが僕にはみえなくて
とったばかりの
二輪の免許で毎日
かたちの変わる海岸線を走った

卒業まであと　日
破り去られた数字のなかに
僕はいきていた
うしろから
勢いよく肩を叩いたきみの
たぶん、北のほうの訛りと
お気に入りの
水玉のワンピースが
ゆらゆらと揺曳して
みえなくなった

きみは。僕の背中に掴まって、ライダースジャケットに乱反射する海を後部座席からみていたね。あのころ二百キロで世界を置き去りにしながら捨てた新品のNOKIAは今でも遺失物係と通話中のままで、だから僕はときどき訛りのない言葉できみに話しかけてみる。もしもし、僕は何をわすれたのでしょうか……

グローブに丁寧に油をぬって
ライターで火をつけた
部室のそとでは
日が暮れて
ふさいでいた耳を
ようやく放すことができる
きみは今日も水玉のワンピースをきて
灼熱のベンチでスコアでも
つけていたんだろうか
それともどこか異国の暗い海の底に
沈んだままなのだろうか
思い出すのはいつも
ドライブスルーできみが頼む
青いクリームソーダと

暴力的に消えた
水玉模様の記憶
逃げられない声を隠せ

（……迷い込んだ港湾、打ちあげられた石膏像、電灯ひとつない異国の夜が広がっている。音もなく横付けされたトラック、目隠しされた真っ赤なルージュの少女たちがストレッチャーで乱暴に運ばれて、順繰りに輪郭のないマネキンに変えられていく。僕は知っている、例外なくきみもマネキンになる。いずれその水玉のワンピースを飾るマネキンになって、夏が近づく百貨店の婦人服売り場に並んでしまうだろう。その時きみは純粋に僕のことを応援できるだろうか。）

振り向けば
眼窩に突きつけられた
マシンガン

現地語できみが否定したのは
ただ一つの海

国道を歩いて
グラウンドへと向かう
電気屋の前
大小のテレビにうつった
高校野球
アップになった
不甲斐ないエースの顔は
紛れもなく僕だった
つめたい雨のふる外野席
コールド負け寸前の僕を応援する
夏服のきみがいた
水玉と

クリームソーダの季節
アンパイアの掛け声で
黒焦げのグローブを
ぐっと握りしめると
空が一瞬で
透明になった

II

ここにいたかった
ポニーテールをほどいて
急行を待つ、たとえば下北沢駅の朝
04：48
まだ誰もいないホーム、たまには
冷凍食品でいいからね
送信した画面にうつったわたしの顔は
透明で

めをさましてよ
だれかの声でめざめた、かたい
地面のうえ、腕時計の
04：48
みわたせば荒野　たくさんの
制服の抜け殻

あのときみえないマシンガンで
蜂の巣にされたわたしが
また別の日みえないナイフで
内臓をえぐられたわたしが
そのままの姿で
脱ぎ捨てられていた
こんな朝はやくに、この胸を
なんどつらぬかれただろうか

チャイムがなって、わたしは
透明な戦争をくりかえしている
おわるまでフェンスのそば
待っていた部活も
放課後、質問しに行ったあと
妙にもりあがった雑談も
通学路をかえるみちすがら
色のないきおくになって、また

わたしはひとり
消え去ろうとしている

めをさましてよ
なつかしい声。ごめんねと
返す余裕もなく
黙って歩きはじめる荒野、ふいに昔
母と食べたトマトソースの味が
くちのなかにひろがると
視界がだんだん曖昧になって、でもそこには
鮮やかな色があった
鏡でたしかめた
わたしなのにもうわたしじゃない
透明な長い髪
それが胸をいっぱいにして
だから、わたしは今日を起きた
ポニーテールをほどいて

急行を待つ、たとえば下北沢駅に流れる
発着のメロディ、それから
忘れないでほしい。このリボンのネイビー
わたしは、決して伝わることのない
開戦のしらせを家族と
友達全員にメールで送って
携帯をホームから投げ捨てた
線路にもたれた液晶の表示する
04：48
たたかうための電車に
いま、のるところだった

（透明な戦争）

純情三角

少しチョークのついたスラックス
後ろ姿を追いかけていたら
三月だった
いちごミルクの紙パックから
とめどもなく溢れる
三年間をめざとく
見つけた蟻がローファーの
足元にむらがる午後三時
廊下をあるく数学教師の
おおきな三角定規が視界をゆれる
そんな景色をずっと

みたかったんです

その日いっしょにここを去る
非常勤講師から
ただ、愛犬をうしなったばかりの
二十四歳の男にかわった
百八十三センチの
三で割り切れるひとに出会い
そして翌月わたしは
三では割り切れない年齢に
なっていました

キャンパスライフは
純情です
四、五月は
アニヤ・ハインドマーチをぶら下げて

傷ついた手首から
なにも溢れないように髪を巻いて
でも六月
油断して乗り込んだ
車の助手席からみあげた
夏の大三角はまだ、瞬いていて
運転手さん、その曲がり角
そうその直角の部分で
一直線にわたしを切り裂いてください

ひとりでみていたプラネタリウム
少しでも星を巻き戻せたら
十八歳の純情に
カッターナイフを押し当てて
滲んだ色は
捨ててしまえたのに

かわいた部屋で目が覚めた
アスピリンをつめたい水でのみくだす
午前三時のバスルーム
ながい黒髪に
はさみをいれる、なんども、
なんどもばらばらと、黒髪はおちて
ショートカットのわたしにも
近づいてくる朝
（お風呂がわきました）
バスタブからひびく妙に明るいメロディが
今朝は純情のこわれる音に聴こえた

記憶のなかのクラスメイト

語ったって無駄だ
休み時間になれば、私の
スカートは紙くず
のようになってしまう
クラスメイトの黒板
に穴を
開けて順番に花を活ける
（いつ見た意識か）
押入れのなか

隠れて父に与えられた人参を
齧っていると　突然に扉が開き
軍服を来た青年
震えながら
私をグンと持ち上げ車に乗せ
天に向けてなにかを鋭くさけぶと
父が目の前で泣き崩れ
軍歌の流れる街を
ゆっくり離れていった、記憶

語ったって無駄だ
屋上から見る景色の奥
に友人とか、
彼氏とか、もう花束の内に
隠してしまいたいと朝
チャイムが鳴ると、臙脂色の

制服はたちまち灰色に変わってしまうのです

空襲警報が鳴ると
皆グラウンドに集合する。
匂いのない人ほど夜はバラバラになって
それが癪だった
モノクロの制服は多くを
語らない
ただミュージックビデオを眺めて
死んだとか生きたとか
てんで出鱈目、
銀河系の女子高生のなかで
ひとりで分裂している
もう語ったって無駄だよ
無意識を生きて友人とか、
彼氏とか、

ほら、スカートがしなびていくでしょ
みんな紙くずになって
誰にも語られないのに
語られないのに

（いつ見た意識か）

昼なのに街の色は
悲しく、
靴下から褪せていく毎日に
ふと、隣の人が口ずさんだ
古い軍歌が愛しいと、
走る荷台の床をさわって
通過していく飛行機を
見るともなく見ていた、記憶

琴子へ

大人になるまでに忘れてきたものを取り戻すよ。振り向きざまに言って、琴子は屋上からとびおりた。その光景が何枚もの連続したモノクロ写真として母校にあることを今更知って旧校舎の2階の一番端の教室――この街に疎開してきた学生だけを集めて、夏のひとときだけ存在した空間に僕は忍び込んだ。

この街では夏でも灰色の雪がふる。重力にさからって膨らむ琴子の制服の写真ばかりが網膜に焼き付けられて午後三時、市役所でサイレン。またいのちのない戦闘機が海をわたって、僕らの街ばかりを時代遅れにかえていく。一九二二の夏はとても暑かった。琴子、きみに渡すといった人骨、あれはもうくすんだ雪になって、どこかに飛んで行ってしまったみたいだ。

忘れものは誰もいない交番に届く。
でも僕たちが捨ててしまったものは、いったいどこに届くのだろうか

（琴子へ、南口でまつ）

ホワイトボードの伝言は誰が消すのだろう。既読を意味するブルーの斜線がつかないまま、僕はきみを一九二二から待っている。海のみえる死刑台に歩いていく琴子を知っていて、あえて声をかける者はいない。気がつけば落命した友人ばかりの教室で窓の外、今日もまた屋上から逆さまに落ちていくサマーセーラーをみていた。琴子、きみが忘れてきたものはたぶん取り戻せないし、言いにくいけどきみはこの校舎で制服ごと消えてしまったんだよ。

YUKI NO ASA

季節風が吹いて、雪が降りはじめた
だれかの描いた絵が、とり残された校庭で
ある平日の早朝
ぼくは懐かしい人とすれちがった
ふりむけば
教室の窓に、見覚えのある顔がならんで
おうい、と呼んでいるのがわかる
気温はたちまち上昇する
夏だ
シャツの袖口をまくった腕に
冷たいゆびが触れていて

それが誰のゆびか、知っている気がした
ポカリ、つくってきたよ
運動場のスピーカーからひびく声
ピッチャーマウンドでぼくは
触れられたゆびに
何かを問いたかったけれども
あんなに明るい子だったのにね
こわいわね
おばさんたちの世間話だけが
すぐ横を通り過ぎて
いない人の話をしているのだと知れた
それで窓にならんだ顔がいっせいに
色々に変な表情をして
秋になった
校庭に、色のないセーラー服が
いくつも脱ぎすてられていて

それに触ったら、どうなるかしれないと
よけながら校舎の入り口に歩いた
すこし先を歩く制服姿の少女を
前にも見たことがあると思った瞬間
白紙のてがみを下駄箱にしのばせる
無声映画の少年の記憶が、同期した
（ねえ、こっちを向いて）
長い廊下でふりかえった少女の顔には
目も鼻も口も、なにもなかった
チャイムがなる
ぼくはだまって席にすわる
ひとりの教室に、ふたたび冬がやってくる
まだ帰れないのね
聴きたかった声がして
かけよった窓のそと
校庭で絵をかくきみが

なにもいわずに
いない
季節風が吹いて、雪が降りはじめた
ある平日の早朝

さよなら、オギちゃん

鏡の時間にぼくは会いにいく
休日の校舎
反射したひかりが階段に影をさして
オギちゃんが薄くあらわれる
ふれようと伸ばした
手の先にみえた空の見た事もない黄色

チョークで書いた相合傘の
水滴が教室におちていて
祝日の朝

登校していつもの
窓際の席にすわればオギちゃん
きみがもういないことなんて
気づかなかった
終業のベルがなって
少し壊れたからだに
冷えたビタミンドリンクを馴染ませる
いっきに飲み干して投げ捨てた
ゴミ箱の位置がむかしと変わっていて

朝は
訪れなくなった
とくに
休日の朝は
ある日ふりむいた顔が
黒く塗りつぶされていたオギちゃん

少しハスキーな声
顔が小さすぎてむかしは
胡麻ちゃんと呼ばれていたこととか
それも全部
訪れない朝に
とじこめられてしまったのか
もう何年もおなじ
祝日をえらんで会いにきたぼくの
開いた手が今日は黄色くて
だから、だれもいない教室で
鳴り響くつめたい携帯を耳にあてた

(もしもし)

(いまどこにいるの)

（会いたいよ、姿をみせて）

なつかしく切ない気配を感じて
ふりむこうとするぼくに
鏡のなかのぼくが叫ぶ

（目を覚ませ、もうそいつは
オギちゃんなんかじゃない）

ぱりんと鏡が割れて
はっと振り返った空は青

それはきっと
鏡のなかで見ていた
いちばん微かな記憶の破片
さよなら、オギちゃん

さよなら、いつか思いついた永遠の青は
どこまでも休日の空にひろがっていく

（III）

答えはわかっていたけれど、冷たい歩道橋をかけぬけて時間ぴったりにタイムカードを通した呼吸停止の五秒前、バイト先のコーヒーの匂いがしみついたセーターに透明なメッセージがとどいて俺を貫通していく夕方がおわり、じりりりと鳴った目覚ましを叩き壊して起電力ゼロでむかう一限は自主休講でちょっと可愛いコンビニ店員しかもう見えない。これから寝るのにレッドブル買ったわ。と意味のないつぶやきを放ってサークル棟でだらつきながら一日がはじまって、おわっていく。明日もどうせはじまっておわって、あさっても、無難なシャツにバーガンディのニットを合わせて暖房をきってアパートを出て同じ道をチャリではしる、たぶん。

なぜか夢にみてしまったスカートとスカートがこすれあってアスファルトの通学路をふたりで月のようにすべっていくふるい邦画のワンシーン、女子になってからだがコマ割りで印刷されていく妄想をいつまでもしていると体重がふえそうな気がしたから、ぱちんと瞼をとじてベッドのうえに大の字になって、かすれていく少年時代のモンタージュをあたまのなかにどんどん描いていった。あーあ、俺が女子になれたなら、この無難なニットもだれかのシャワーでずぶぬれにするのにな。急にさかさまの心臓が拍動してきゅんとする。なんだよこれはばかやろう、いつか窓ガラスに好きな男子のなまえを書いた冷たいゆびさきにさわろうと手を差し出せば、わざとかのように空は夜になる。

やわらかいものどうし、昏は反発しあうのかもしれないなんて、哲学のことばを引き合いに出して俺やっぱおかしいかもとスマホをおいて家をでて、きんと澄んだ冬の風をきって走っていく。答えはわかっていたけれど、冷たい歩道橋をかけぬけて時間ぴったりにタイムカードを通した呼吸停止の五秒前、バイト先のコーヒーの匂いがしみついたセーターに透明なメッセージが俺を貫通して、じりりと鳴る目覚ましをまた壊しているこれが日常、そのなかで今日もこれから寝るのにレッドブルを買って一限にでないでバイトにいく。あしたも、あさっても、無難なシャツにバーガンディのニットを合わせて暖房をきってアパートを出て同じ道をチャリではしる、たぶん。

(Sugar Campus)

会いましょう

黄色いえんぴつがあおぞら教室にならんでいる　秩序だった春の学級崩壊　担任だった僕のこいびとは百年まえにしんだ　「ずっと新聞紙のなかで生きるために……」　きれいごとを言って実習生は当時日本でなかった地域を黄色くぬりつぶしたけれど　ほんとうは父さん、僕ら騙されているんだろう　かすれた蓄音機のうえで僕らは最後のBBQをした　わすれないよエイティーン・ボーイズ、きみたちは白黒のインク紙になって百年、テキストデータとして玉砕をくりかえしている　あいたいよ　僕は魔女じゃない　僕は魔人じゃない

あおぞら教室の机のうえを転がるえんぴつ同士は互いに魔術をかけあって　プレスされた朝の自転車かごに押し込まれていた　乳牛がぜ

つめつする季節　眠い目をこすりながら僕は毎朝配達されるしんだこいびとの声を聴き続けている　あいたいよ　あいたくないよ　僕は魔女じゃないから　僕は魔人じゃないから　基礎律動をくりかえす隅田川のほとりで　泣いて　なにかを掘り続けている　白い母親の亡霊にあいさつする　西への桟橋が3Dで燃焼していた　ここから見えるのだもの　あいたいよ　あいたくないよ　アップデートする前の古地図のうえの　いちばん目立たない隅田川沿いの桟橋で　百年前会いましょう

獣

鼠とダンス
していた子どもがおしっこ
と袖を引っ張るので
「自分で行けるだろう」と突き放すと
たたたと走っていった
大きな池からぴゅうと水が吹き出し
オーケストラ音楽に合わせて
獣人たちが手を振って去っていく
それからキラキラした
甘い匂いのする花火が
たくさん打ち上がると

いつの間にか夜になっている
子どもは戻ってこない
トイレまで迎えにいくと
なかは馬鹿に真っ暗で
光る無数の獣の目が
ぎろりとこちらを睨む
水を浴びたようになって
手も足も動かず
子どもをしりませんか
近くの職員に声をかけると
おどけたような色々の仕草をして
分からない言語でなにか云った
子どもが迷子なんだ、さがしてくれ
袖をつかんでゆさぶれば
職員はふいに真顔になって
胸元の白い警笛をならす

残響が消えるのを待たずに
ポップコーンの匂いがあたりに立ち籠めると
トイレの中からいっせいに
真っ黒な獣たちが飛び出していく
目だけが爛々と光っており
めいめいが
大声で親のなまえを叫んでいた
最後の一匹が飛び出たとき
職員が恭しく
帽子を脱いで一礼すると
獣たちは競うように
夜の空に駆けていって
流星群のように消滅した
嬌声と拍手が沸き起こる
「自分たちの子どもなんだぞ、拍手なんてするな」
立ち上がって怒鳴ると

水を打ったように静かになり
すべての観客の首が
ぐるりぐるりと
こちらに回転
爛々とした目で
「だって夢の国ですから」
と声を揃えて云った

共鳴

灯台の鐘がなって
生きているものを
根こそぎ可愛いと
断定されたとき
心臓の裏面にある
トランプがいちまい
剥がれ落ちた
むき出しになった
わかい心筋を
むさぼりにくる狼は
あおむらさきの

色鉛筆で漫画化され、
その吹き出しをみて
村人たちははじめて狼の
純情にきづいたので
あった

キミノ半生ヲ解除スル

むらに流れた放送で
狼の吹き出しはみるみる膨化
海風にふかれて
拮抗できないほど
大きな風船として
静かに上昇していった
一列にならんだ
村人たちは

互いに抱き合って
泣いたり、
吐いたり、
海岸線を鉄道が通るたび
心臓の裏面が
剝がれるので
あった

それから何回も
心臓はなみうって
水平線の一部になった

遠吠えがきこえるか
あれは始原のころ

幼稚園児が絵に描いた
たかく低い
海溝のふるえる音だ
村に一件だけある
こどもの酒場
そこで今夜、
あおむらさきの
少女の純情があかされる
(きみはどこのだれだ)
この地層にねむる狼たちの
心臓の拍動を感じて
少女はだまって
スケッチブックに一本の線をひく
ふいに酒場が消灯すると
こどもたちは海を振り返って
いっせいに遠吠えをした

ブラック・イン・ブラック

うらみにおもうなよ
休憩室の
テレビを消す瞬間、
僕の目を見た俳優の
声、

月曜日、
ブラックコーヒーの缶をいくつも並べて、夜の次は夜、その次も夜と
云うことを確認する。

月曜日、
捺印する。専務マターの黒縁の骨格が深夜まで唸る。今夜も秒針の音が、どこかのオフィスワーカーの関節症を悪化させている気がしてならない。

月曜日、
Yシャツについた染み、次第に大きく濃くなっていくように思われて、専門外来に通うことを妻に告げた夜、子どもの学校で苛めが試験科目に導入されたことをネットニュースで知った。

今日が延長されていく
何もかもが真っ黒だ

また月曜日、

その猫撫で声で目を覚ます。夜は始まったばかり。灰色に濡れるスーツ姿を、憂国の千両役者に仕立て上げていく書類の山と戦う。

また月曜日、
液晶の汚れを指でぬぐう。左足が腐ってしまってね、パパはもう歩けません。画面にうつった子どもの悲しげな顔がみるみる年老いて、寝たきりの翁となって何かを伝えようとする。捺印する。

また月曜日、
予告なくシャットダウンが行われる、電力不足の街。濃淡のある夜景の黒が、小さな結晶となって関節症に響く。ズボンを捲った膝が黒ずんでいる。捺印する。

延長されていく
今日が延長されていく

何もかもが真っ黒だ

（うらみにおもうなよ）
心臓からシュレッダーに吸い込まれ、時間のない夜のなかで眠りから
目覚める。歪んだ液晶がみだりに機密を消去していく。
（うらみにおもうなよ）
ビル風に絡めとられた眼鏡が機能を失い、はためく書類に視界を奪わ
れる。最後の電車が終着駅でゆっくり溶解するのを音だけで理解した。
（うらみにおもうなよ）
休憩室の
テレビを消す瞬間、
僕の目を見た俳優の
声、
零時の鐘がなる
それからとても

しずかな時間がきて
ホットコーヒーをひとくち
飲んで誤嚥すると
シャツの袖をつかむ
青白い顔の少年が
しきりに絵本をせがみ
聞き慣れぬ物語を
朗読してどれくらい
経ったろうか
最後のページに書かれた
うらみにおもうなよ
と云う台詞をよむとき
僕の口から
みしらぬ異国の言葉がこぼれた

国境とＪＫ

涙のけはいがする方向を
わたしはぼんやり見つめる
にちようび、
先の丸まった鉛筆で
マークシートを塗りつぶす
答えはどこにあるのだろうか
あなたにあえてなんとかかんとか
という「せつない」曲
をハルカはうたって
ベランダの手すりに
やわらかそうな頬をべっとり

くっつけている
テストをうけているのは
わたしだけだった
にちようび、なのだ
にちようび、なのに
わたしはどうしてここで、
問題用紙のないテストに
解答しているのだろうか
開いた窓から吹き込んだ風が
真っ黒な答案用紙をさらう
答えはどこにあるのだろうか

*

眠りから目覚めるといつも灰色のつめたい教室にいる。名前をうしなったわたしたちは蠟のように固まった臙脂の制服をきて、なにも語らなかった。昨日から新たにうごかなくなった制服姿が三つあることをなんとなくで察知して、心もち身体を近づけ合う。国境の街、寒波と感染症の閉ざしたこの街でわたしたちは名前をうしなった。

（ここにおいていこう）

わたしたちの誰かが呟くと、誰かが立ち上がり、教室の扉をひらく。廊下にもたくさん動かなくなった制服がおちていて、でもわたしたちは歩いていく、きめていた。わたしたちは今日、国境をめざす。

かげになるように土手にうつぶせて、警邏班のクラウンが通り過ぎるのを息を潜めて待つ。サーチライトが何度も往復して、無防備な貧しい親子を照らし出す。あの家は父親だけが連れて行かれてそれから物乞いばかりしていたんだっけ。銃声。銃声。銃声。3発も撃たなくていいのにね、誰かが云って、再びわたしたちは国境をめざす。流行病のなまえのついたこの河のむこうには、解らないけど何かがあった。ものも云わずにみなチェックのスカートをぬいで、パンツまでぬいで、氷点下の河に這入っていく。マイメロのキーホルダーだけは持っていこうかと思ったけれど、それも諦めてわたしも河に半身をひたす。これが国境。ふりむくと、さっきまでいた校舎に巨大な、顔のない独裁者の肖像画が掲げられていた。もう気付かれたのだと思う。わたしたちは正面だけを向いて一歩ずつあるく。次第に麻痺していく足。対岸の光がぼやけはじめる。消えないで。誰が云ったのか解らない。銃声。前をあるく制服が河にしずんでいく。銃声。からだから何かが噴き出す。対岸が涙でぼやける。消えないで。銃声。消えないで。銃声。銃声。

*

迂回して辿り着いた
いつもの教室
皺一つないチェックのスカート

現代文のテキストは
きょうも分厚い
鉛筆を鼻にはさんで眠り
チャイムがなると
長い黒髪をほどいて
購買にはしった
毎日の儀式のような
アーモンドアイスに、
太るよ、
とハルカは笑っていたし
ナナコはいつも携帯をいじって
だれとメールしているのか
おしえてもくれなくて

（ツグミ、置いていくよ！）

わたしを呼ぶクラスメイト。
今日はにちようび、なのに、
わたしは制服をきていて

(早くしないと、お昼休み終わっちゃうよ!)

あれ、テストは、
終わったんだっけ
わたしだけ
職員室に呼び出されて、
にちようびに、
いかなくちゃいけなくなって、

(ツグミ急いで!)

じぶんの席に坐ったら、

問題用紙がなくって、
それで教壇をみたら、
せんせいが、
（ツグミ、お願いだから返事をして！）
そう、顔のないせんせいが云ったのだ
答えはどこにあるのだろうか

*

水の中で、
携帯電話が二回震えた

＊

地鳴りのように暗闇が揺れ、わたしたちは走り出す。最後のゴーサイン。もう何らの音も聴こえない。水をきって対岸へ走り続ける。未開の国のよぞらに満天の星がひろがる。ああ、わたしたちは、わたしは、ただよぞらを見たかっただけなのかもしれない。対岸の光がゆめのように網膜に染み渡る。もうすぐ、わたしはただのＪＫにもどる。ぼんやりした今どきの、頬がやわらかいただのＪＫに、もどっていく。

ナショナルセンター

　大切なモノだって感情だって、死んでくだけて分子になってしまえば概念から滅びてしまう、霧散してしまう。小さい頃からごめんねごめんねとママがいつもスヌーピーを枕元に持ってきてくれるけど、そんなのもういらないよ、うざいよ、なんてことも言えないくらい、わたしは小さい頃からひどい病気だった。寝たきりのまま喋れもせずに意識もなく大きくなってこのナショナルセンターに入院し続けている。無限につづく日々を数えるでもなく毎日毎日。

　太陽が南中高度をこえるころ、病棟のこどもたちは昼ご飯をたべて走りまわるのですごくうるさい、けどかわいい。どうして病院にいるこどもはかわいいんだろう。花柄のスクラブを着た新人看護師さんが胃瘻から栄養を与えてくれると、ほんのりココアの風味がしてきて眠くなってくる。なんとかさやかという名札が目の前をちらつく。やわらかいブラシで、口のなかの汚れをぬぐってくれたさやかさんは青森から上京してきたそうだ。わたしたちはなんだって喋る。わたしはなにも喋れないけれど、わたしにとっては喋っているのとおなじなのだ。胸に貼られた心電図モニターがふいにはずれてしまって大きな音がする、いまーす、とさやかさんがわたしの無事を大きな声でしらせた。

眠りつづけていると東京の喧騒が溶けてくる感覚がある。ここは都心からは少し離れた郊外だけれど、雨のよるの渋谷の映像がきらりきらりと、よくみえる万華鏡のように脳内を去来することが、ときたまあった。どしゃぶりのハチ公前から、TSUTAYAにむかって歩いていくさやかさん。よくみると泣いていた。空が灰色だった。考えてみれば雨の日にあまり空は見ない。信号機をつっきって、ハイドロプレーニング現象で魔法のようなうごきをみせるプリウスが、ゆっくりと交差点に侵入していく。飲み込まれていくさやかさんは、来月二十三になるはずだった。足元に転がった傘の花柄は妙に明るい。そこでまたねむりに戻り、朝になる。

白血病のこどもが、ぴゅーと指笛をふいてふざけている日曜日、お昼の病棟。さやかさんはもう来ない。目をあかく腫らしたさやかさんが、あの日、なにを考えて渋谷にいたのかをずっと考えているけれど、ぜんぜんわからない。とてもかなしいけれど涙もでない。海のみえない病棟で、わたしはわたしのなかにもある潮の満ち引きに共鳴していた。

KinKi Kidsの曲が病室にながれている。太陽がまた南中高度に達した。わたしは産まれたときから意識がなくてナショナルセンターにずっと入院しているけれど、意識がないので本当はこういうことも考えられないはずだった。なのできっと、これを考えているのはわたしではない。院内の誰かの感情が、浮遊してわたしに定着しているだけなんだとおもう。「ずっときみと生きていくんだね」明るい窓際のラジオからそう聴こえて、わたしは姿の見えないこの意識にたぶんそうだよ、と答えてあげたかった。

（あとがきにかえて）

ヲタクになれなかった君たちへ

医者になってから、高校生のころはヲタクだからと見向きもしてくれなかったような女子がすきですなどと言いながら平気で近づいて来るようになったし、そのせいでかつてヲタクだった同僚はバーベキューとか花火とか、およそ縁のなかった世界の表側で活躍している。かわいい女の子を毎晩部屋に連れ込んで、それでいてしっかり者の育ちのいい彼女は別にいて、週末に映画をみにいったりドライブをしたりしている。表側の世界は華やかだなあ、キラキラしているものしかなくて、ヲタクはひとりもいないそんな世界が現実にはあるなんてこと、いや、知ってたけど。

休日にひとりで見ている白黒映画に、僕らの狭く深い脱臼した時間がぷらぷら揺れながらうつっている。レントゲン博士が下手側からあらわれて、アニメだったりアイドルだったり、そんなものばかり追いかけているヲタクの時間を一人も逃さず詳細に読影していく。その横を颯爽と走り抜けていくのは、郵便局員に擬態した「高い」意識だ。彼らは仕事と遊びが均一な時間だとばれないように秘密裡に配達され、ヲタクの脳に好んで棲み着いてしまう。ああ、アニメがあれば、アイドルがいれば、それでよかったのに、肥大化していく郵便局員に大脳を圧排されて、ヲタクはいまや脳死寸前だ。生き残った僕らは、衆人環視でまったく息ができない。

みんな最初はヲタクだったのにね

土曜の朝は心肺蘇生の講習をひらいた。心停止の人形をみつけて、胸骨圧迫をしながら遅滞なく除細動をかける。ショックします。人形がびくんとはねた気がした。これは練習だから、ごくわずかな電流しか流さない。だからショックなんて、軽々しくかけるなよ。デモンストレーションの最中、やるきがありすぎて変なタイミングで除細動器を充電してしまった受講生がいて、僕はただちに内部放電ボタンをおした。部屋の電気がまっくらになる。狭い部屋に集まった受講生はみんな下をむいて、ゆらゆら揺曳しはじめる。そう、ほんとうはいつでも夜なんだ。誰もが最初はヲタクだったのに、何度も電流を流しているうちに、戻ってこれなくなってしまったんだ。

おーい、姿のみえない君に言いたい。ヲタクは最高だよね。頭のてっぺんから足のさきまで僕を品評する君も、壊れた車掌さんみたいに同じ褒め言葉しか言えない君も、まなつの海を駆け抜けて、僕は僕の電車で全員を置き去りにしていく。おーい、おーい、バーベキューをする君と君のフレンズが芥子粒みたいに小さくなっていく。世界の表側から遠ざかる僕の電車、降車駅などなくどこまでも走っていく。ヲタクになれなかった君たちが、永久に辿りつけない街に向かって、僕は迷わず驀進していく。

＊本詩集に収められている作品はすべて想像に基づいて作られたものであり、実在する患者さんや診療内容とは何らの関係もありません。

略歴

尾久守侑　おぎゅう・かみゆ

一九八九年東京都生まれ。横浜市立大学医学部卒業。現在、慶應義塾大学医学部 精神・神経科学教室に所属。二〇一一年十二月より「現代詩手帖」「ユリイカ」に投稿を始める。本書は第1詩集。

国境《こっきょう》とＪＫ

著者
尾久守侑《おぎゅうかみゅ》
発行者
小田久郎
発行所
株式会社 思潮社
〒一六二―〇八四二　東京都新宿区市谷砂土原町三―十五
電話〇三（三二六七）八一五三（営業）・八一四一（編集）
ＦＡＸ〇三（三二六七）八一四二
印刷・製本所
創栄図書印刷株式会社
発行日
二〇一六年十一月三十日第一刷　二〇一七年二月二十八日第二刷